2470

par jardin

2611

LE
DÉJEUNER
DES
VOLONTAIRES,

SCÈNE PATRIOTIQUE,

MÊLÉE DE MUSIQUE.

PAR LE CITOYEN J**.

PRIX 5 SOLS.

A PARIS,
CHEZ POLLET,
RUE STE - CROIX DE LA BRETONNERIE, N° 43,
Et chez les Marchands de Nouveautés.

DE L'IMPRIMERIE DE MERCIER,
RUE DU COQ S-HONORÉ, N° 120.

L'An II de la République.

ACTEURS.

DUVAL.

JULIEN.

JOLY-BOIS.

SANS-PEUR.

LA TULIPPE.

LES CHOEURS.

La Scène représente une Caserne, dans le Jardin de laquelle sont attablés et dejrûnent des Volontaires.

LE DÉJEUNER

DES VOLONTAIRES,

SCÈNE PATRIOTIQUE.

JOLY-BOIS, *buvant.*

A la plus prochaine de nos victoires!

SANS-PEUR.

A la prospérité de la République!

LA TULIPPE.

Voulez-vous suivre un bon conseil?
Buvez avant que de combattre :
De sang-froid je vaut mon pareil,
Mais quand je suis gris j'en vaut quatre.
Versez donc, mes amis, versez,
Je n'en puis jamais boire assez. (*bis.*)

JOLY-BOIS.

Comme ce vin tourne l'esprit,
Comme il vous change une personne;

A 2

Tel qui tremble, s'il réfléchit,
Fait trembler quand il déraisonne:
Versez, etc.

SANS-PEUR.

Ma foi, c'est un triste soldat,
Que celui qui ne sait pas boire;
Il voit les dangers au combat,
Le buveur n'en voit que la gloire.
Versez, etc.

DUVAL.

Cet univers, ah! c'est très-beau;
Mais pourquoi dans ce bel ouvrage,
Le seigneur a-t-il mis tant d'eau!
Le vin me plairoit d'avantage.
Versez, etc.

UN AUTRE VOLONTAIRE.

S'il n'a pas fait un élément
De cette liqueur rubiconde,
Le seigneur s'est montré prudent;
Nous eussions desséché le monde.
Versez, etc.

LA TULIPPE, *se levant le premier de table.*

Nous eussions desséché le monde! Quelle idée vaste et éloquente! cela ne vaut-il pas mieux que toutes ces chansons. Abord, o qu'endorment; celle-ci sent son fruit et ranime le courage.... et ce, Versez donc mes amis, versez, comme il vient à propos; comme il ranime le buveur!... et c'est cependant une des plus précieuses productions du territoire Français qu'on veut nous ravir! Amis, je me charge de sauver cette richesse : défendez, vous autres vos femmes, vos amantes, vos biens, ou plutôt confondons tous nos intérêts, et soyons indivisibles comme la République.

LA TULIPPE.

O mes amis! au champ de la victoire,
Chacun défend son bien, sa liberté ;
Si l'ennemi veut m'empêcher de boire,
Je saurai bien le mettre de côté.

DUVAL.

Je laisse ici ma charmante maîtresse,
O mes amis! c'est ma divinité !
Je ne pouvois lui donner la richesse,
Je lui promets pour bien la liberté.

JOLY-BOIS.

Je laisse ici mon épouse chérie,

LE DÉJEUNER

Vas, me dit-elle, et songe à moi toujours ;
Séparons-nous : le cri de la patrie
Doit prévaloir sur celui de l'amour.

UN VOLONTAIRE.

Je laisse ici mon petit héritage,
Je compte bien y planter au retour,
Quand nous aurons terrassé l'esclavage,
Tous les lauriers de Mars et de l'amour.

UN AUTRE VOLONTAIRE.

Je laisse ici mes fonds et ma boutique,
Et sans regrets je pars pour les combats ;
Je calculois avant la République,
Pour la sauver je ne marchande pas.

SANS-PEUR.

Quand il s'agit de chanter ou de boire,
Très-volontiers je vous cède le pas ;
Quand il faudra disputer la victoire,
Vous me verrez le premier au combat.

LA TULIPPE.

Amis, sommes-nous au complet ?

SANS-PEUR.

L'appel est fait ; il ne nous manque personne.

JOLY-BOIS.

Citoyens, je suis d'avis que l'on procède
à la nomination du commandant.

LA TULIPPE.

Bravo la motion!.... Citoyens camarades,
nous sommes tous de braves sans culottes, et
de bonne volonté : mais je dois à mon devoir de vous mettre sous les yeux la conduite
de l'un de vous, qui m'a donné des soupçons
d'autant plus fondés, que jusqu'au nome t de
notre départ il s'est montré un des plus braves
et des plus zélés soldats de la compagnie, s'il
n'est pas coupable de lâcheté, je le crois au
moins suspect. Ce matin je le surprends à
l'écart versant des larmes. Je l'interroge sur
le motif de sa tristesse : Que je suis mal heu-
reux, s'écrie-t-il! Je le presse.... il affecte de
garder le silence. Je lui observe qu'il vaut
mieux rester, que de marcher à contre-cœur ...
Crois-tu m'apprendre mon devoir, me dit-il
avec hauteur, et en mettant la main sur la
garde de son sabre.... Fais-le ton devoir, lui
dis-je ; pour moi, en volant à la défense de
ma patrie, je suivrai, (non pas des ordres,)
mais bien l'impulsion de mon cœur.

TOUS LES VOLONTAIRES.

Et nous aussi.

A 4

DUVAL.

Citoyens, avant de nous choisir un chef, je demande que la conduite de notre camarade soit jugée. Ce mouvement de colère, cette tristesse dissimulée, au moment, ou à la veille de notre départ, fait douter de son entier dévouement à la chose publique. Qui d'entre nous ne fait pas de généreux sacrifices à son pays; qui de nous ne laisse point en partant, soit un père, une femme ou une amante à regretter. Ce n'est point l'idée de s'éloigner d'un être que l'on chérit qui doit prévaloir quand la République est menacée, c'est celle de défendre les droits, les propriétés de tous; celle enfin de venger la Nation entière, dont on veut contester le plus inviolable de tous les pouvoirs, celui de se donner des lois et la liberté.... Que celui d'entre nous qui a des chagrins nous les confie! où trouvera-t-il ailleurs des consolations, si ce n'est dans le sein de ses frères et de ses amis! La pitié est-elle incompatible avec la bravoure!.. Le mauvais citoyen est celui qui gémit à l'écart; le vrai républicain est celui qui ne rougit pas de payer publiquement sa dette à la nature.... S'il existoit parmi nous un soldat insensible au malheur de son camarade, je lui dirois: retire-toi des rangs; tu n'est pas digne de porter le glorieux nom de défenseur de la République.... Il faut avoir une ame pour aspirer à la gloire, et au bonheur d'être libre... La Tulippe, touche-là, mon ami; j'aime que l'on

attaque ouvertement son camarade... S'il est ici
des âmes timides, l'exemple de nos frères
victorieux sur la frontière doit les aguérir;
s'il existe des traîtres, il faut que l'amour de
la patrie en fasse justice.... Je te somme de
nommer le coupable.

LA TULIPPE.

Il se nomme Julien.

JOLY-BOIS.

Je l'ai surpris hier au soir mettant un paquet à la poste... le voici : qu'il vous con-
fesse ce qu'il contient, et e si jet de ses pleurs.

JULIEN, avec sensibilité et noblesse.

Il est des princes, camarades, qu'il faut
savoir écouter dans le silence. Pourquoi un
seul individu vous fait-il perdre un tems aussi
précieux en vagues discussions, un tems qui
ne vous appartient plus, puisqu'il est consacré
à assurer la liberté de la Nation. Ma conduite justifie mon innocence; je ne crains
la calomnie de qui que ce soit; et je dé-
clare à rien et que péri tre ces principes sont
l'réel victime que vous fair la peinture, je me
fais un devoir de le juger et je ce ous con-
naître.... Je vous livre l'exemple, en m'
accordant à haute voix mon suffrage, et je
crois qu'il est plus flatteur à un officier

d'être nommé par acclamation que par scrutin ; c'est pour lui un garant certain de la soumission et de la confiance de ses soldats.

TOUS LES VOLONTAIRES.

Point de scrutin. Duval est notre commandant. Oui, nous jurons de vaincre ou de mourir à ses côtés.

CHOEUR.

O liberté ! que tes célestes flammes,
De tes soldats électrisent les cœurs ;
Ton feu divin a pénétré nos ames,
Sous tes drapeaux nous reviendrons vainqueurs.

DUVAL.

Amis, camarades, je vous laisse à penser combien il m'est glorieux de marcher à votre tête, et de vous présenter des lauriers à cueillir. Et toi, Julien, qui jusqu'à ce jour n'a mérité que des louanges, je ne pourrai me glorifier de ton suffrage, que quand je serai convaincu que ta conscience est sans reproche.

Un tambour arrive tenant un paquet à l'adresse de Julien, qu'il remet à Duval, et dit :

Commandant, voici la clef de l'énigme.

DUVAL, *avec fierté au tambour.*

Tu me fais injure : ce paquet est à l'adresse de Julien. (*en le lui remettant*) Tiens, Julien, tu sais si tu es coupable.

JULIEN, *après l'avoir décacheté à Duval.*

Voici toutes les pièces du procès.

DUVAL *lit haut :*

Mémoire au citoyen Ministre de la Guerre.

Volontaire de la Ire réquisition, Xe compagnie, Ier bataillon, je laisse en partant pour la défense de ma patrie, un père aveugle, accablé d'années, et n'ayant d'autre moyen d'existence que mon travail. Je connois la générosité et la justice de la Nation; mais je sais aussi qu'elles sont ses charges : je te recommande de faire toucher exactement chaque mois ma paye à mon père. Quant à moi, au milieu des défenseurs de la République, je ne crains pas de manquer jamais d'amis et de soutiens. (*Apostillé favorablement.*) *Signé* JULIEN.

TOUS LES VOLONTAIRES.

Que de vertus!

JULIEN, *avec précipitation.*

Vous vous trompez, mes amis, ce sont les devoirs du citoyen.

DUVAL.

Et tu craignois de nous en donner l'exemple!

JULIEN.

Je voulois ménager votre sensibilité.

LA TULIPPE, à *Julien*,

Je te dois des réparations.

JULIEN.

Des réparations ! c'est moi qui suis seul coupable. Un soldat français qui demande à son camarade le sujet de ses peurs, ce ne peut être que pour les essuyer.

(*La Tulippe embrasse Julien.*)

JOLY-BOIS.

Citoyens, donnons-lui un certificat de civisme signé de toute la compagnie.

SANS-PEUR, *embrassant Julien.*

Je ne sais pas écrire; tiens, voilà ma signature.

DUVAL, *avec émotion.*

Amis, je ne suis plus votre commandant (*doublement sen ey e jusci.*) Voilà la réponse au Mémoire la ou notre conciliation entre les recompenses aux vertus et aux talens. Enfin, celui-ci écrit à propriété. Je suis glorieux d'obéir à un chef tel que toi.

JULIEN.

Vertueux et rare ami, reprends cette épée.

DUVAL.

Julien, tu peux refuser à ton ami, mais non pas désobéir à ton commandant qui t'ordonne de la porter.

JULIEN, *en prenant l'épée.*

O mes amis! je pleurais un père accablé de misère, sans songer qu'au milieu de vous je ne sortois pas de ma famille. Comment m'acquitter de tant de bienfaits.

DUVAL, *avec chaleur.*

C'est en payant ta dette à la patrie, et en nous montrant le chemin de la victoire.

LA TULIPPE.

Quand on a le cœur aussi droit, on doit avoir le coup d'œil juste.

JULIEN.

L'amour de la patrie est la tactique militaire la plus sûre.

DUVAL, *à Julien.*

Tu as fait tes preuves; un bon fils est toujours un bon citoyen et un brave soldat.

JULIEN.

Mes amis, mes chers camarades, je me reprocherois mes larmes, si vous ne les eussiez jugées légitimes. Qui de vous n'a pas en ce tendres adieux à faire à ses parens, à ses amis, à sa femme.

DUVAL.

La voilà la patrie, tu viens de la citer; c'est elle que vous allons défendre. Quant aux adieux, nous n'en avons point à faire; tant que nous combattrons sous les drapeaux de la liberté, nous ne quitterons pas nos frères, et nos amis : la République en France est aujourd'hui la grande famille des Français.

JULIEN, *tirant sa montre.*

Mes amis, vous savez l'ordre que nous avons reçu de rejoindre; il est tems de l'exécuter. Faisons le serment d'être républicains jusqu'à la mort, d'être fidèls aux augustes fonctions qui nous sont attribuées, de faire consister l'honneur et la gloire au maintien des loix et à leur exécution; jurons respect inviolable aux sermens, protection à la vertu, et guerre éternelle à la tirannie.

Républicains jusqu'à la mort,
Exterminons tous les despotes,
Faisons leur éprouver le sort
Qu'ils réservoient aux sans-culottes.

Prouvons à ces rois orgueilleux,
Qu'aux hommes appartient la terre;
Qu'en usurpant ses biens sur eux,
Ils vivoient de notre misère.

Tous ces héros, ces conquérans,
Dont on nous fait tant d'étalage,
N'ont vaincus que pour des tyrans;
Nous armons contre l'esclavage.
Le français devenu guerrier,
Est précédé par la victoire,
Sa patrie est le monde entier;
La liberté, voilà sa gloire.

Foulons aux pieds tous ces honneurs,
Ces hochets de la tyrannie:
Que la récompense des cœurs
Soit le bonheur de la patrie.
En nous partageant ses bienfaits,
Rendons le nom français auguste;
Qu'on le désigne désormais
Sous celui d'invincible et juste.

Ennemis jurés des tirans,
Vengeons les droits de la nature;
Que tous les trônes s'écroulans
Ensévelissent l'imposture.

Citoyens, soyons vertueux !
C'est par où commence un grand homme;
Quand le romain fut vicieux,
Bientot Rome ne fut plus Rome.

Aux sermens gardons notre foi,
Et nous sauverons la patrie;
Que le grand livre de la loi
Nous soit sacré toute la vie.
Fidèles à l'égalité,
Annéantissons l'esclavage;
Donnons à la postérité
La liberté pour héritage.

Ici on fait un roulement de tambour, et tous les
Volontaires tirant leurs sabres au même instant,
les réunissent en forme de faisceaux, et font en-
tendre le cliquetis des lames, en criant : Vive
la République !

F I N.

NOTA. La Musique de cette Scène se trouve
chez le citoyen LEDUC, rue du Roule.

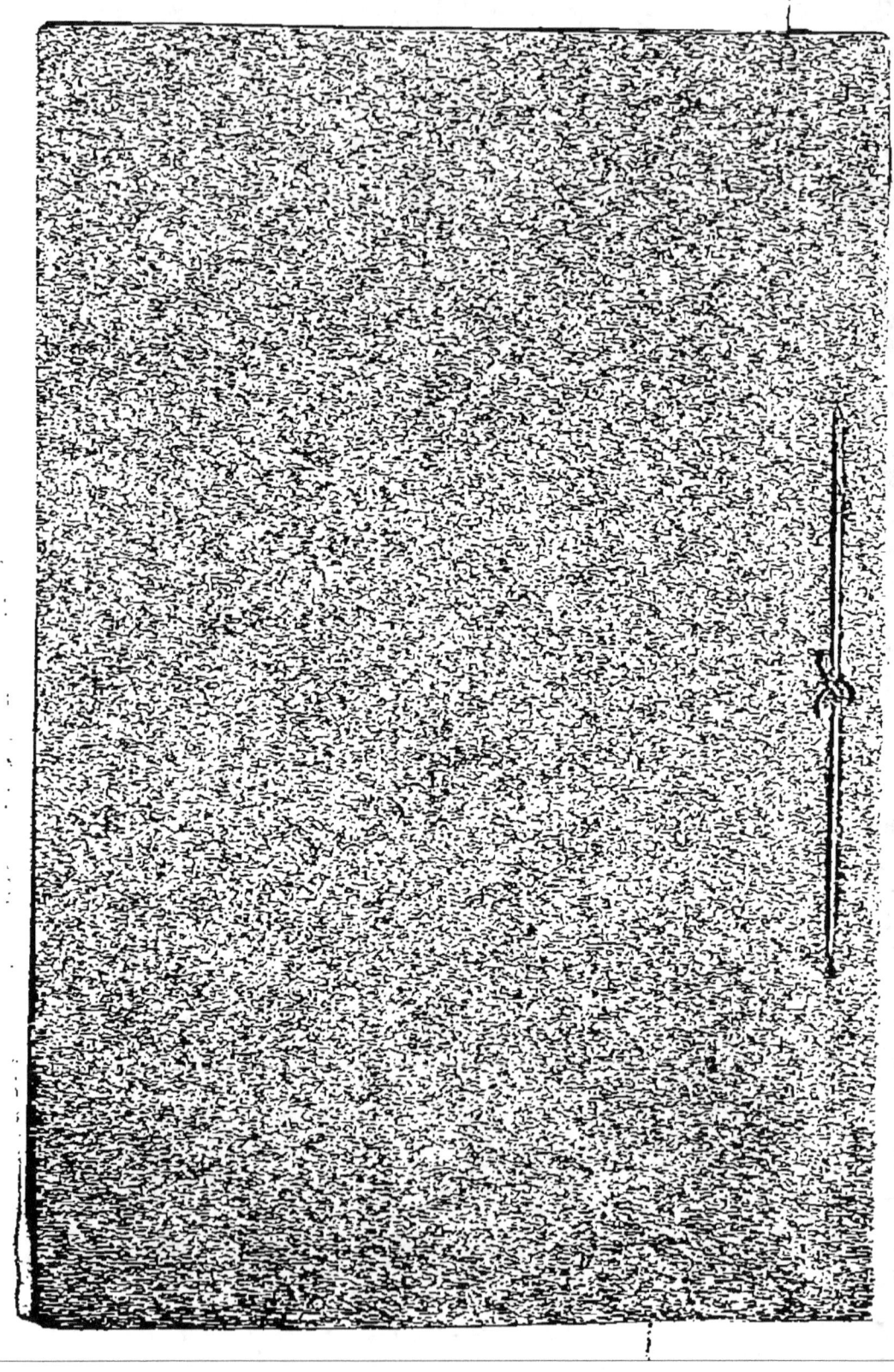

www.ingramcontent.com/pod-product-compliance
Lightning Source LLC
Chambersburg PA
CBHW061531170626
46811CB00004B/1915